今日は誰にも愛されたかった

もくじ

はじめに

この本は、詩人と歌人による詩と短歌の「連詩」と、創作中の読み合いや読み違いを本人たちが語り合う「感想戦」を収録しました。

これから詩人と歌人の紹介のあと、本編へと進みますが、その前に大事な三つの点、「連詩」とは、「短歌」とは、「詩」とは何かについてご案内いたします。

一、連詩とは、五七五または七七の詩句を連ねる古典の「連歌」「連句」の流れを汲んで、複数の詩人が同じ場に集い数行の詩を交互に書き連ねてゆく詩の形式です。
本書の連詩では、詩人と歌人がそれぞれの場で一編一首に三日をかけて制作しました。

二、短歌については、本書の打ち合せで会った歌人の木下龍也さんにお聞きしました。その場ですこし空を見て、一瞬の間のあと発したのが次の言葉です。「短歌とは五・七・五・七・七のリズムで読める短い詩です」。さらに、「ここからは蛇足ですが」と前置きがあり、「季語は必要ありません。短歌は一首、二首、三首と数えます」。

三、詩については、詩人の谷川俊太郎さんにお願いしました。お電話でお聞きしたところ、「どのくらいの文字数?」と聞かれ、あわてて三〇〇字程度ですと答えると、「わかった」との一言。その日のうちにＦＡＸで届いたのが次ページの「詩について」という一文でした。紙をめくってお読みいただければ、準備万端ととのいます。類まれなる詩と短歌の競演をごゆっくりお楽しみください。

詩について　　谷川俊太郎

ぼくは言葉になった詩（ポエム）と、言葉にならない詩（ポエジー）を、混同して考えないように注意している。ポエムの元のポエジーは生きもののの体内に存在していて、人間だけがそれを言葉にするが、ポエジーがポエムを生むこともあるし、ポエムがポエジーを生むこともある。ポエムは言語の一形式だから客観が可能だが、ポエジーは形がないから個人の主観に拠るしかない。いずれにしろ詩は散文と違って明示性（denotation）のみを目指さない。むしろ含意（connotation）を主要な武器とする。詩のそういう特質から言って、詩を語る上で言語の多様性を避けるわけにはいかないから、必然的に文は曖昧にならざるを得ない。

紹介

詩人と歌人とそれぞれの詩と短歌

谷川俊太郎（たにかわ・しゅんたろう）

一九三一年東京都生まれ。詩人。五二年第一詩集『二十億光年の孤独』を刊行。六二年「月火水木金土日の歌」で第四回日本レコード大賞作詩賞、七五年『マザー・グースのうた』で日本翻訳文化賞、八二年『日々の地図』で第三十四回読売文学賞、九三年『世間知ラズ』で第一回萩原朔太郎賞、二〇一〇年『トロムソコラージュ』で第一回鮎川信夫賞など、受賞・著書多数。詩作のほか、絵本、エッセイ、翻訳、脚本、作詞など幅広く作品を発表。小社刊行の書籍に『生きる』（松本美枝子との共著）、『ぼくはこうやって詩を書いてきた』（山田馨との共著）、『おやすみ神たち』（川島小鳥との共著）、『2馬力』（覚和歌子との共著）、『あたしとあなた』、『こんにちは』、『バウムクーヘン』がある。

「芝生」

そして私はいつか
どこかから来て
不意にこの芝生の上に立っていた
なすべきことはすべて
私の細胞が記憶していた
だから私は人間の形をし
幸せについて語りさえしたのだ

『夜中に台所でぼくはきみに話しかけたかった』所収

「自己紹介」

私は背の低い禿頭の老人です
もう半世紀以上のあいだ
名詞や動詞や助詞や形容詞や疑問符など
言葉どもに揉まれながら暮らしてきましたから
どちらかと言うと無言を好みます

私は工具類が嫌いではありません
また樹木が灌木も含めて大好きですが
それらの名称を覚えるのは苦手です
私は過去の日付にあまり関心がなく
権威というものに反感をもっています

斜視で乱視で老眼です
家には仏壇も神棚もありませんが
室内に直結の巨大な郵便受けがあります
私にとって睡眠は快楽の一種です
夢は見ても目覚めたときには忘れています

ここに述べていることはすべて事実ですが
こうして言葉にしてしまうとどこか嘘くさい
別居の子ども二人孫四人犬猫は飼っていません
夏はほとんどTシャツで過ごします
私の書く言葉には値段がつくことがあります

『私』所収

岡野大嗣（おかの・だいじ）

一九八〇年、大阪府生まれ。歌人。二〇一四年に第一歌集『サイレンと犀』、一九年に第二歌集『たやすみなさい』（ともに書肆侃侃房）を刊行。一八年、木下龍也との共著歌集『玄関の覗き穴から差してくる光のように生まれたはずだ』（小社）を刊行。反転フラップ式案内表示機と航空障害灯をこよなく愛する。

もういやだ死にたい　そしてほとぼりが冷めたあたりで生き返りたい

そうだとは知らずに乗った地下鉄が外へ出てゆく瞬間がすき

『サイレンと犀』所収

写メでしか見てないけれどきみの犬はきみを残して死なないでほしい
ゆぶね、って名前の柴を飼っていたお風呂屋さんとゆぶねさよなら

『たやすみなさい』所収

台風が倉庫の窓を殴るのをマットの耳は歌とおもった
倒れないようにケーキを持ち運ぶとき人間はわずかに天使

『玄関の覗き穴から差してくる
光のように生まれたはずだ』所収

木下龍也（きのした・たつや）

一九八八年、山口県生まれ。歌人。二〇一三年に第一歌集『つむじ風、ここにあります』、一六年に第二歌集『きみを嫌いな奴はクズだよ』（ともに書肆侃侃房）を刊行。一八年、岡野大嗣との共著歌集『玄関の覗き穴から差してくる光のように生まれたはずだ』（小社）を刊行。同じ池に二度落ちたことがある。

鮭の死を米で包んでまたさらに海苔で包んだあれが食べたい

自販機のひかりまみれのカゲロウが喉の渇きを癒せずにいる

『つむじ風、ここにあります』所収

立てるかい　君が背負っているものを君ごと背負うこともできるよ
ついてきてほしかったのに夢の門はひとり通ると崩れてしまう

『きみを嫌いな奴はクズだよ』所収

邦題になるとき消えたＴＨＥのような何かがぼくの日々に足りない
詩集から顔を上げれば息継ぎのようにぼくらの生活がある

『玄関の覗き穴から差してくる光のように生まれたはずだ』所収

連詩

今日は誰にも愛されたかった

大嗣　岡野大嗣

俊　谷川俊太郎

龍也　木下龍也

ベランダに見える範囲の春にならば心をゆるしても大丈夫

大嗣

思い出すなつかしいあの日と
反芻をくり返すくやしいその日と
今日のこの日もいつかは日々になってしまう

俊

かなしみのフルコースです前菜はへその緒からのはるかな自由

龍也

宮中での陪食ということになって
祖父は祖母に礼服を出させた
幼い孫たちにはナフタリンの香りが珍しく
訳も分からずはしゃいでいる

俊

分離帯に桜がずっと生えていて前をゆく白バイが事故った

大嗣

炊飯器が何か言ったけど聞き流して三人で外へ出た
いつの間にか前の道に水たまりが出来ている
市川が蹴つまずいたが転ばなかった

俊

まぶしさに視線を折られぼくたちは夕日の右のビルを見つめた

龍也

僕らはこれまでもう何千回も出たり入ったりしているけれど
ドアという奴は開けるときよりも閉めるときの方が品がいい

俊

シネコンじゃ好きな相手が死ぬ系の映画しかないしね　どこ行こう？

大嗣

池ってなんだか懐かしいね
どうしてだろうと言ったら
市川がオレ河童だったことがあると言い出した
その妙に真面目で悲しげな口調に
あれ?と思った

俊

とろとろと睡魔にいたぶられているきみにとどめを刺す鳥の歌

龍也

真っ黒くて重たい78回転のSPレコードは
夫婦喧嘩の手頃な小道具だったけれど
33回転のLPレコードになったら簡単に割れない
引っ掻くしかなかったのでなかなか気持ちが収まらなかった

俊

四季が死期にきこえて音が昔にみえて今日は誰にも愛されたかった

大嗣

どこからか分厚い猫の写真集が宅配で届いた
猫は飼っていなかったが隣家に犬がいて
垣根越しに仲良くなったが夭折した
名をネロといった
もう昔話だ

俊

感情の乗りものだった犬の名にいまはかなしみさえも乗らない

龍也

あれはＵＦＯを見た晩だったと
当たり前のように大声で喋ってる老人
都電の走行音はこの頃うるさくなくなっている

俊

ラジカセか馬かで迷ったことがある新生活に要るものとして

大嗣

いつの間にかボクがオレになっていた
一人称って英語では最初の人間なんだから
私はけっこう重要人物かも

俊

吐き方を知らずに主語も花びらも時間を吸って古くなるだけ

龍也

市川からワイキキの海の絵葉書が来た
もちろん行ったことはないというそれだけの文面
隠されたメッセージがあるようでないと思った

俊

信号の赤とガストの赤は違うことをふたりで愛でながら歩く

大嗣

ステッキと仕込み杖は兄弟ではないにしても親戚だ
実用的な道具のくせにどこかお洒落だから

俊

盲目のふたりがゆずりあい点字ブロックの細さをすれちがう

龍也

砂漠のど真ん中にあまりにも真っ直ぐな道が開通した
計画では都市の背骨にあたる道だと言うことだが
始点も終点も既に砂に埋《うず》もれている（らしい）

俊

警告!　この電子メールで愛が見つかりました　ここでは誰もが電柱を抱く

大嗣

総理大臣がどこかの国の大統領をハグしている
ぎごちないのは背丈が違うせいではなくて
貿易赤字のせいだろう

俊

抱きしめてきみの内部に垂れているつららをひとつひとつ砕くよ

龍也

観光で鍾乳洞に行ったら座りこんでる人がいた
よく見るとどうやら座禅のつもりらしい
背広を着た普通の社会人だ
思わずクスッと笑ってしまった

俊

文頭に「ちょｗｗｗ」がつくように滅ぶだろうフェイクニュースに釣られてぼくら

大嗣

Siriが戸惑っている
七五調で質問したからだろうか
答えは期待していなかったのに

俊

だらしない尻をさみしい腰で打ち耐えがたいほど動物だった

龍也

臀部という言葉に出会った時は不快だった
おいどと同じところを指しているとは思えなかった
尻子玉の解釈は市川にまかせた

俊

ウィキペディアの改竄をしてその足で期日前投票へ　白票

大嗣

アンダーはやっぱり白がいいなと言ったら苦笑いされた
雲一つない青空を英語ではブランクスカイと言うそうだ
なんか連想が増殖しそうで白はちょっと恐い

俊

海の奥からだれひとり戻らない　絶やそうか絶やそうよ、かがり火

龍也

火で終わるのも水で終わるのも災害の一語ではくくれない
戻らない人々を祝福するために俗に背いて詩《し》骨《ぼね》をしなやかに保つ

俊

本作は二〇一九年一月六日から同年五月十三日にかけて制作されました

感想戦

連詩について語り合った三人の記録

進行　小社編集部
会場　谷川俊太郎宅

――谷川さん、木下さん、岡野さん、この三人でお話しするのは今回で二回目です。一回目は連詩を開始する直前で、谷川さんは、木下さんと岡野さんの共著歌集『玄関の覗き穴から差してくる光のように生まれたはずだ』（二〇一八年　小社刊　高校生二人の七日間を描いた物語歌集）を読んで、てっきり高校生二人がくるのかと思っていたとおっしゃっていましたが……すみません。

谷川　そうね、完全に騙されてたね（笑）。

――失礼しました（笑）。そのときからだいたい四ヵ月にわたって、三人で三十六の詩と短歌による「連詩」を作っていただきました。本日はその過程で、それぞれが何を考えてどのように作っていったのかをひとつひとつ振り返ります。今回、三人での連詩を進めるにあたって、三日以上あけない、というルールを設定しました。この「三日以内」という制約があることで、わりとテンポよく、前へ前へと進んでいけたんじゃないかなと思います。

谷川 これ、全部メールでやりとりしたんですよね？

―― はい。制作中は直接会って作品の相談などはしていません。全部で三十六ありますが、谷川さんが半分の十八編。もう半分の十八を木下さんと岡野さんの歌人側でわけてそれぞれ九首。岡野さん↓谷川さん↓木下さん↓谷川さんときて、また岡野さんに戻るという順です。では、連詩の大先輩である谷川さんにリードしてもらいながらお話を進めていきましょう。

1 ベランダに見える範囲の春にならなら心をゆるしても大丈夫　大嗣

―― 今回、岡野さんがこの連詩の一番手となりました。連詩は初めての経験ですし、かなり悩まれていました。

谷川 自分一人で短歌を書くのとは、全然違う覚悟で書いたの？

岡野 そうですね。このあとはそういうことはなかったんですけど、「ここから始まる」っていう緊張感はありました。

谷川 我々の連詩でもね、だいたい最初の人は前の晩に書いてくるんですよ（笑）。現場で書かないのね。それで宗匠《そうしょう》（連詩のさばき手、まとめ役）が目を通してOKならそれで始まるっていう感じですね。

――連詩の場合、一番目に書くときのルールとか基本的な考え方って何かあるんですか？

谷川 まあ大岡信《おおおかまこと》（詩人・評論家）の言に従えば、後の人のことを考えて、ある程度どんどん進んでいかなきゃいけないから、スピード感がないといけないんじゃないかと僕は思ってますけどね。それから、第一詩が完成しすぎちゃうのもちょっと問題なんですよね。少し破綻していたほうが面白いんじゃないかなと。これは僕の意見ですけど。

――今回の連詩は何もテーマは決めなかったので、岡野さんの第一首はまったくのゼロから生み出した作品です。

岡野 最初ということで、春にしておけば四季でスタートにもなるし、空間でいえば「自分の家の中」という点でとらえておくと、そこから広がるかなと。

谷川 この「ベランダに見える範囲の春」っていうのは何?

岡野 春って、外に出るとなんか人がワイワイしてて、春のほうから無遠慮に押し寄せてくるイメージがあるんですけど、それが僕は馴染めないんですね。でも自分の家のベランダに出て、そこから桜とかが遠くに見えたりする、その程度の春なら楽しめるっていう。

谷川 ふーん。ベランダに鉢植えがあったわけじゃないのね。

岡野 そうですね、ベランダに出て、そこから見える範囲、自分から関わりに行ける範囲としての春としました。

木下 これ「春」でよかったですよね。「冬」だと閉じたイメージがして、この歌の主体に似合いすぎてしまう。

岡野 なんか始まりにくい。

谷川　そうだろうね、「春」のほうがいいよね。

木下　ちょっと影があるなと感じました。つまり「見えない範囲の春には心を許せない」ということも書いているってことですよね。

岡野　はい。「範囲」には、この人のなわばり意識が表れています。

木下　「大丈夫」な「見える範囲の春」があって、その春の端まで行けば、見えない範囲の春も「見える範囲の春」にすることができる。怖がってはいるけど、希望がないわけではない。それがこの連詩を始めるときの気持ちにも重なっていて、スタートにふさわしいですね。岡野さんらしさがちゃんとありながら、一首目でおおまかな枠を作ってくれたなと。

2　思い出すなつかしいあの日と
反芻をくり返すくやしいその日と

今日のこの日もいつかは日々になってしまう　俊

谷川　これちょっと、まとめすぎてるっていう感じはありますね。

岡野　あ、そうですか。

谷川　はい。

――この場合は具体的に、一首目のどこを受けているんですか？

谷川　全体ですね。短歌の場合は詩と違って、別に一語だけじゃなくても受けられるくらいの言葉の数だから。

――あらためて短歌との連詩はいかがでしょうか？

谷川　定型だというのが、やっぱり違うんだよね、自由詩とは。それに少し引っ張られたっていうのかな、なんかそんな感じがありますね。

――しっかりまとまった三行の詩です。

谷川　うん、そうなっちゃったんだよね。

なっちゃった（笑）。

——本当はもっと開いたほうがいいんだけど。定型に引きずられたという感じがあるんだよね、自分では。

谷川 確かに、谷川さんの詩、最初の二行は短歌っぽいですね。あと、音を口に出すと「くり返すくやしい」とか「今日のこの日」とか、Kの音が気持ちいいなと思いました。僕の短歌では、「ベランダに見える範囲の春」って、「は」んいの「は」ると、やわらかく、心を許すみたいなことをイメージして音を緩めていたんですけど、次の谷川さんの詩では、この「くやしい」とかちょっときつい音が出てくるのがいいなと。

岡野 「あの日」「その日」「この日」「日々」と、要所要所に「ひ」という音が入るのもリズミカルですね。

——音もリズムもですけど、やっぱり一首目の短歌を受けて出てきたものだなっていう、自分が書いたような錯覚も覚えました。

岡野 最初の岡野さんの歌を受けて、谷川さんは視点を広げるのか、「春」に絞るのか、それ

木下

とも全然違う手でくるのか楽しみにしていたんですけど、広げてくれましたね。

谷川　とにかく「春」を受けちゃまずいという気持ちはありましたね。それだとべた付け（前の詩の内容を受け入れすぎてしまうこと）になりかねないので。

木下　なるほど。

3　かなしみのフルコースです前菜はへその緒からのはるかな自由　　龍也

木下　これは「春」「日々」ときて、じゃあ僕は全体を書こう、もっと広げようと思ったんです。人の始まりから終わりまでの「フルコース」が人生だなと。

――さっきの谷川さんの詩を、人生への広がりととらえてそこを受けたということですね。

木下　人生そのものは多分「かなしみのフルコース」だと思っていて。まだ三手目なので、その始まりの部分「前菜」はなんだろうと考えたときに出てきたのが「へその緒からのはるかな自由」です。「自由」って「かなしみ」とは遠いところにあると思うんですが、あえてここに置くことによって逆説的に「かなしみ」が引き立つかなと。生まれて、お母さんから離れてしまうこと自体、もう「かなしみ」が始まっているということで。

岡野 この「前菜」とか「フルコース」という言葉で、1、2まで抽象的なイメージできていたのが初めて具体がでてきた。ここからまた次につながっていくんだろうなと。

——この木下さんの歌を受けて谷川さんです。

谷川 1、2、3ときて次の4をこう書いたというのが、僕の、それまでの感想なんですよね。要するになんか、まだやや抽象化してるわけですよ。連詩の場合はできるだけ具体的に書いたほうがいいと僕は思っているので、こういうふうに書きました。

4　宮中での陪食ということになって
　祖父は祖母に礼服を出させた

幼い孫たちにはナフタリンの香りが珍しく
訳も分からずはしゃいでいる　　　　　　　　俊

谷川　ある一場面っていうふうに受けたわけ。もうちょっと具体的な描写でつなげたいという気持ちがここには入っています。

木下　やっと他人が出てきたなという感じがしますね。

谷川　うん、そんな感じがあるね。

――「フルコース」から「宮中での陪食《ばいしょく》」につながっていますね。「陪食」はここでは「天皇陛下との食事」という意味です。

谷川　だから、そんなに何十人もこないよね。数人で囲む食事。うちの父（谷川徹三《たにかわてつぞう》　哲学者）はそういうのがすごく嬉しかった人でね、「天皇陛下のお食事は質素だ」って喜んでましたよ（笑）。

――この詩には谷川さんの実体験とか思い出も混じっているんですか？

谷川　いや、具体的にはないですね。ただ宮中での陪食っていうのをうちの父親が喜んでいたのは覚えているんですよ。「ナフタリン」っていうのは今の若い人たちはわからないんじゃないかな？　ナフタリンの香りっていうのは具体的に嗅いでる？

岡野　僕ら世代はまあ、わかります。

谷川　俺はつまり、今の若い子は知らないんじゃないかなと思って一生懸命書いてたんだけどね。

岡野　でもこの4とか懐かしい感じがして。匂いってやっぱり記憶を呼び覚ますから、自分は天皇陛下のところでご飯を食べたことはないですけど、こういうイメージ……祖父母と一緒に、よそいきの服を着て普段行かないようなお店でご飯食べて、っていうようなことも思い出しました。

谷川　ちょっと昭和っぽいんですよね、なんかね。

――では、5。一巡して再び岡野さん。今度は岡野さんが初めて谷川さんの詩を受けます。

5　分離帯に桜がずっと生えていて前をゆく白バイが事故った　大嗣

岡野　4で結構具体的になってきて、すごく臨場感があるシーンだと思ったんですね。4は昔の記憶なんですけど、過去のことだけど動きがある「過去進行形」っていう感じがするので、5も上の句（前半の五七五の三句）で現在、下の句（後半の七七の二句）で過去進行形になるという時間の動きを出したいなと思って書きました。それと、単純に4の宮中に向かう、すごい護衛がついている車を白バイが先導していて、それがコケたと。桜が吹雪いているところで視界が悪くなってコケた、というようなイメージをしていました。

谷川　なるほどね。これは、後半は定型が崩れてるんですよね？

岡野　句またがり（五七五七七のつなぎ目に言葉がまたがること）で、音数は合ってるんですよ。「前をゆく白」で七、「バイが事故った」で七、「白」と「バイ」で句またがりしてます。

谷川　ああ、なるほどなるほど。

岡野 こういうところで切ると、前を行ってた白バイの「白」だけが際だって、記憶をたどって過去のシーンをふりかえっているときの見え方に近づくんじゃないかと思って。桜の薄い桃色と白の対比みたいな。

谷川 「桜がずっと生《は》えていて」っていうのが面白かったね。普通、桜が「生えていて」って言わないでしょう?

岡野 そうですね。分離帯にある「桜並木」をシーンとして言い換えているんです。

谷川 こういうふうにちょっと引っかかるところがあるのっていいですよね。「桜がずっと咲いていて」じゃ、すごい普通になっちゃうじゃない。

――「桜」が出てきたことでまだ春の印象が続いて、全体のつながりも見えてきます。

木下 お話を聞いて、この白バイは護衛の先頭車であるということがわかりました。僕、白バイの単独事故だと思ってたんですよ。でも、天皇の護衛だと考えると、その白バイって事故をして初めて認識できる存在だと思うんですよね。だいたい、みんな天皇だけを見ているでしょう。

谷川　実際にこんなことがあったら大事件だよね（笑）。

木下　統制されていて、認識できないほど静かに円滑に動いている「システム」があって、その先頭が桜に見とれちゃってコケるというのは怖いですよね。

谷川　この流れの中でちゃんと受けて読めると、ただの4に至る道程でのシーンという読み方もできるし、5だけで見たときに意味ありげにとらえてもらえるかもしれないね。分離帯という言葉とかも。

木下　なんか不穏なんですよね、これ。

――　連詩は、始まりから終わりに向けて一方通行でなくてもいい。こういうふうに自由に過去に行ったり未来に行ったりもできるんですね。

谷川　そう。中身がダブらなければいいんです。

岡野　それが面白かったですね。少し前に『メッセージ』（二〇一六年　ドゥニ・ヴィルヌーヴ監督）っていう映画が話題になりましたけど、その映画も時制が行ったり来たりする。あのイメージでちょっと書けたなと思いました。

6

炊飯器が何か言ったけど聞き流して三人で外へ出た
いつの間にか前の道に水たまりが出来ている
市川が蹴つまずいたが転ばなかった

俊

――これは、岡野さん木下さんと話題になりました。「市川」って誰だ！ と（笑）。

谷川 あ、そうですか。なんか我々の連詩の、特徴をひとつ出したいと思ったんですよ。それで具体的な人間が見え隠れするっていうのはどうかなと思って。ちょうどこの頃、『普通の人々』（谷川俊太郎著 スイッチ・パブリッシング刊 二〇一九年）という詩集を作っていて、あれも名前がいろいろ出てくるでしょう？ ちょっとあの線で行きたいなと思って、市川が出てきたわけです。市川がずっとこう、見え隠れしたら、なんかある一貫したものが出てくるじゃない。それを使えるかなと思ったんですよね。「炊飯器が何か言う」っていうのは、ほら、最近の家電はいろいろ言うでしょう？　この頃機械も結構うるさいんだよね（笑）。

――5とのつながりとしてはどこでしょうか？

木下 白バイと炊飯器かなと思ったんですけど。白くてフォルムが似てる？

谷川 それは全然意識してなかったけど（笑）。なるほどね。

――これまでの1から5までのイメージを離れたい？

谷川 うん、流れを変えたいというのと、流れをつないでいくというのと両方あってさ。それがせめぎ合うわけですよね、書くときに。これは、前をあんまり気にしないで書いた記憶はあるんですけど。

――「事故った」というのと、「蹴つまずいた」というのが対比されていますね。

谷川 対比されてないんです。

――ああ……。

谷川 カルチャースクールの先生なら絶対そう言うと思いますけどね（笑）。でも、自分で意識しないつながりっていうのはあるわけだから。言われて初めて気づくみたいなね。

木下 僕は「三人」なんだ、って思いました。

―― この「三人」は、今回三人で連詩をやっているということの意識はあったんですか？

谷川 もしそうだったら市川は出てこないんだけれど（笑）。

岡野 市川は三人に含まれている……？

―― 市川は「谷川」の代わりとか……？

谷川 だんだん屁理屈っぽくなってきたね（笑）。これはだから、完全に誰かはわからない、自分も含めた三人ですね。

岡野 僕はこの詩が谷川さんからきて、「あ、このくらい離れてもいいんだ」と思いました。このくらいはいいよ、という領域を示してくれたというか。それであとが離れやすくなりました。多分このままいくと、ずっとこのストーリーになりそうだったので。

―― 連詩の付き方の距離感は難しいですよね。

谷川 そうだよね。

7　まぶしさに視線を折られぼくたちは夕日の右のビルを見つめた　龍也

木下　6の谷川さんの詩で「外へ出た」とあったので、この三人が歩いてどこかに行っているんであれば、こういう映画みたいなシーンを置いておこうと思って。6から受けたのは「つまずいた」というところで、普通に歩きたいのにつまずいてしまう、思った通りにできない、ということを書きたかった。本当は夕日を見たいんだけれど眩しくて見ることができない。だから隣のビルを見ている。視線のつまずき。

谷川　これ、すごくイメージがはっきりしてるんだよね。少なくとも都会に住んでいる人間は、実体験としてすぐに思い出せるというか。

木下　初めは「夕日の下のビル」にしようと思ったんです。でも「右」にしました。

谷川　あ、「下」だと平凡だもんね。「右」のほうがいいです、そりゃ。

木下　あとは「ビル」を「橋」にしたほうがいいかな、でも「橋」って詩的すぎるかなとか。

谷川　ビルだと窓のガラスが多いからね。夕日の感じはビルのほうが出ると思うけどなあ。

8　僕らはこれまでもう何千回も出たり入ったりしているけれど
　ドアという奴は開けるときよりも閉めるときの方が品がいい　　俊

谷川　これやっぱり「ビル」からきてるんですよね。しかも自動ドアですよね、感じとしては。

岡野　ここでまた具体というより、含みのあるメッセージが感じられるものになっていて。これだけでも含蓄のある言葉として忍ばせておきたいですよね。

木下　こういう短歌つくりたいです。

岡野　7の木下さんの短歌では、「夕日の右の」ということだから、すごく高いビルだと思って。そのビルの窓という窓の向こう側に、それぞれの階に自動ドアがあるとしたら、「何千回も」というイメージと響き合うなと思いました。

木下 短歌には「ただごと歌」というのがあって、普通のことを普通に五・七・五・七・七で書く、けれど着眼点がいいから詩になる、みたいな。これは難しいんですよね、やろうと思うと。

岡野 只の事を言ってる。「ボールペンはミツビシがよくミツビシのボールペン買ひに文具店に行く」（奥村晃作《おくむらこうさく》著『歌集 鴇色《ときいろ》の足』本阿弥書店刊より）という歌があります。

谷川 ああ、なるほど。それが「ただごと歌」ね。そういうのって、今盛んなわけ？

木下 僕の中で流行ってました。このミツビシの歌を作った奥村晃作さんという歌人が代表的です。

岡野 みんながやり過ごす日常の中に詩が潜んでいるとは思うんです。そういう意味では、「ただごと」にはいっぱいそういう短歌とか詩になりうるものがあるから、着眼点と、あとどういうふうにそれを文字にするか、言語化するかというのがキモになってくると思います。

谷川 自由詩の世界でもその「ただごと」をやりたいんですけど難しいんですよ、これが。だから「五・七・五・七・七」があるっていうことが強いね、「ただごと」の場合には。

――そうですよね。形としてそこでぱっと終われるというか……。

谷川 というより、なんかみんなここに詩があるんじゃないかと誤解するじゃない（笑）、一種の言葉の韻律みたいなものがあるとね。自由詩は本当に散文になっちゃうから、内容にみんな注目がいくでしょう。そうすると、「ただごと」っていうのを自由詩の世界で言うのは結構難しくて。そこでノンセンス詩にしてちょっと笑いをとるとかね、なんかそういう工夫が必要になっちゃいますよね。

9 シネコンじゃ好きな相手が死ぬ系の映画しかないしね　どこ行こう？

大嗣

岡野 これは、なんとなくここまでの流れがずっと回想みたいに見えなくもないので、もう少しいろいろ時系列を横断したいなと思って、「シネコン」というちょっと今風の言葉を入れました。また、三人で出かけて外へ出たら、きっと何かしゃべるだろうなと思ったので、答えを求めるでもなくしゃべりあっているようなセリフにしたいなと。8からの受けとしては「ドア」です。映画館の場合は、ドアじゃなくて扉なんですけど、映画館の扉を閉めるときって少し気を使って閉めるかなという気がしたので。

谷川 ああ、なるほどね。

岡野 あとはもう言葉遊びで「シネ」「死ぬ」「シネ」って出てきます。普通の言葉を読んでるだけで、何かトゲのある言葉が入ってるという。こういう口語調でいくときって、本当にしゃべるように書きたいなと思っていて、音合わせのために、とってつけたふうにならないようにはいつも気を使っています。これも完全に三十一音にしていますし、普通に口をついて出るような言葉にしています。

――しかも上の句の最初はシネコンの「シネ」で始まっていて、下の句の最後の七音も「しね　どこ行こう」です。

木下 ラッパーですね。韻踏んでる。

―― 「映画しかないしね」と「どこ行こう？」の間に一文字分あいています。短歌の場合、音の合わせと、こういう文字に書いたときの空白って音とは関係ないですよね。これについてはいかがですか？

岡野 なんかここは人物が三人いる中で、一人がしゃべって、また別の一人がどこ行こうって言ってる、その話者の違いを出すためにあけてるというのもあるし、最後の「しね」っていうところが見た目のデザインとして際立つようにあけているというのもあります。その二つですね。

10

池ってなんだか懐かしいね
どうしてだろうと言ったら
市川がオレ河童だったことがあると言い出した

その妙に真面目で悲しげな口調に
あれ？と思った　　　　　　　　　　　　　　　　　俊

谷川　なんかまた具体的なことを書きたくなったんですね。

――　市川が出てくると、「あ、市川出たな！」と思います。

谷川　ちょっとおかしいでしょう（笑）。

木下　市川が騒ぎ出したな、と。

谷川　やっぱりなんか、まだ抽象的な感じがするんですよね。だからうんと具体的にしようと思って、河童を出したんです。それで「シネコン」っていう都会の周辺にあるでっかい建物と対比したくて、ちょっと古臭い「池」という言葉を使いました。今あんまり「池」って言わないじゃないですか。だから使いたいなと思ったの。

――　河童というフレーズもすごく強いですよね。

谷川　けっこうね。イメージとして強いよね。

――これは自然に河童が出てきたんですか?

谷川 そうですね。うん。自然にっていうのがよくわかんないけど(笑)。選択肢がいろいろある中で河童になった、という面はありますね。

――多分他の人よりも河童は近しい存在ですよね、谷川さんは。

谷川 うん、近い近い、それは。

木下 河童はあんまり出ないですよねえ、日常には。

――でも、たとえば市川が「ポストだった」って言ったら対象が離れていて比喩的にとれるけど、「河童だった」って言うと、もしかしてこの世界では本当にそうなのかという気がしてきます。

木下 なんか、笑い飛ばせるような感じじゃないなというのは受け取って、「あれ?」と思っているっていうのが……。これどういうつながりにしていけばいいかなと……。

岡野 僕、次じゃなくてよかったなと思いました(笑)。「河童だったことがある」というのは悪ふざけで話してるような、でもなんか結構シリアスな「悲しげな口調」で言ってるところもあって。だから「あれ?」と思ったのかなと。

木下 そういえば、市川は6で水たまりに「蹴つまずいたが転ばなかった」。河童っぽいんだよなあ。

―― ここでどう返すかというところですね。では木下さん、お願いします。

11 とろとろと睡魔にいたぶられているきみにとどめを刺す鳥の歌　龍也

木下 これはもうほんとうに困って苦しみながら書きました。「河童」か……と思いながら。「河童」はよく知られた妖怪じゃないですか。でも現代の生活には身近じゃないから、僕らの生活の中のそのような魔物って……と考えながら眠たくなってきたときに、あ「睡魔」だ、と。

谷川 なるほどね。

――岡野さんは、自分にこなければいいなあと思った11は、どうでしたか？

岡野 やっぱりこなくてよかった（笑）。苦労したんだろうなあと。でもちゃんと歌としておさめているところがさすがだなと。

木下 10の「池ってなんだか懐かしいね」からも、池のほとりでうとうとしている光景を思い浮かべました。あとすこしで眠りに落ちそうな人に鳥のさえずりが聴こえてくる。

谷川 あ、じゃあこれは完全に具体的な「鳥」？

木下 そうです。「鳥の歌」というのはさえずりのことです。

谷川 そうかそうか。僕はただの「鳥の歌」なのか、それとも例のカザルス（パブロ・カザルス　チェロ奏者・作曲家）の「鳥の歌」なのかが気になって、結局カザルスのほうで受けちゃったんですけどね。今「鳥の歌」っていうと、カザルスのほうをイメージする人が多いと思うんですよ。

木下 「河童だった」というのは夢だったんじゃないかなと思って。というかむしろ夢であれと思って、うつらうつらしている感じの歌にむりやり持っていきました。

岡野　でも「睡魔」の場合、「とどめを刺す」というのはつまり「眠らせる」っていうことじゃないですか。普通は心地よく眠りに落とすところを「とどめを刺す」と言うところが面白いなと思いました。

谷川　俺も「とどめ」っていうところで、カザルスに連想がいっちゃったんだと思いますね。普通のさえずりだったら「とどめ」にはならないと思って。それを受けての12です。

12　真っ黒くて重たい78回転のSPレコードは
夫婦喧嘩の手頃な小道具だったけれど
33回転のLPレコードになったら簡単に割れない
引っ掻くしかなかったのでなかなか気持ちが収まらなかった
俊

谷川　これは実体験です（笑）。最初の結婚ですけど。

木下　レコードを投げて使うんですか？

谷川　ＳＰレコードはそう、バリーンと簡単に割れちゃうんですよね。ＬＰレコードはグニャグニャしちゃって、引っ掻くしかない（笑）。

——78回転とか33回転とか、具体的な数字が出ると、この言葉自体には実際は機能以上の意味がないんだけれど、なんか面白いですね。

谷川　そうですね、数字が出てくるとね。我々は普通に使うんだけれど、こういう世代じゃない人には不思議な感じがするかもね。

岡野　ＳＰレコードまでくると、二つ前の時代という感じで……。

谷川　そうですよね。

岡野　「回転」って、ちょっと銃を連想させますよね、リボルバーとか。多分レコードを知らない人が全然わからずに読んだら、なんとなく武器なのかな、ピストルなのかな、と思うかも。そう考えると夫婦喧嘩が急に物々しく思えてきます。

谷川　そうか。こわいなあ（笑）。

岡野 「真っ黒くて重たい」とか、「簡単に割れない」とか、実物を知らなくても質感が伝わってきていいですね。少なくともレコードっていうものだけ知っていれば、回転とか種類とか知らなくてもイメージできるなと思いました。

――岡野さんの次の13も音楽つながりで受けているんでしょうか。

13 四季が死期にきこえて音が昔にみえて今日は誰にも愛されたかった　大嗣

岡野 これは「気持ちが収まらなかった」というところかな。聴覚とか視覚が、なんか誤作動を起こすときってあると思うんですけれど、それと同じで感情が誤作動を起こすみたいなこともありうるかなと思って。普段はいつも人を憎んでいるような人が、ある日、「なんか今日は人に愛されたかった」と思ってるみたいな、そういう感情の誤作動とかエラーってあるんじゃないかと思ったんです。それから「夫婦喧嘩」とか「気持ちが収まらなかった」というのが前の詩で出てきたので、そこを拾ったのと、結構これまで短歌が定型でしっかりきていたので、少し崩してみようかなと。

――なるほど。これはかなり意図的に崩しているんですね。「六・七・七・七・八」です。短歌では「きょ」は一音として「かっ」は二音として数えます。「ゃ、ゅ、ょ」などの拗音と「っ」の促音との違いです。

谷川 ちょこっと変えたら「愛されなかった」になっちゃうんだよね。そういうふうに読み違えることってありうるでしょう?

岡野 そうですね。文法的にも、読めば全員わかる言葉なんだけれど、誰も口にしたことのないような言い回しを見つけたいんです。「誰にも愛されたかった」って、普通はあんまり言わないじゃないですか。

谷川 そうだね、言わないよね。

岡野 今おっしゃったように「た」が「な」に変わるだけで全然違うし。

――「愛されなかった」事実は変わらないんだけれども、「愛されたかった」っていう思いが入りますよね。

木下 普通に作ると、音の響きだけに揃えたりとか、見た目、視覚だけに揃えたりとかしがちだと思うんですが、そこをちゃんとずらしているのがうまいなと思いました。下の句のフレーズは僕も最初見たときにすごいと思ったんですけど『玄関の覗き穴から差してくる光のように生まれたはずだ』の岡野さんの歌にも「手放しで漕ぐチャリをダンプにすれすれでかわされてこの馬鹿野郎轢き殺したくねえのか」というのがあるんですよね。

――車道に飛び出してきた人に、運転手が「この馬鹿野郎、轢き殺されてえのか」と言うところを、飛び出してきた側が「轢き殺したくねえのか」と。

谷川 ああ、なるほどね。

木下 ほんの少し変えるだけで今まで使ったことのない言葉になるというのが、すごくいい。

岡野 これができたから安心したんです。一首単位でもしっかりいい歌が作りたいなと思っていたので、これはなんか手応えもあったし。

――連詩だと、大体一回の順番につき三行とか五行くらいの詩を書きますが、短歌だと、一首は五・七・五・七・七の、一つの作品でもありますよね。そこの違いはどうですか？

谷川 違いはあると思う。なんかあの……緊張感がありますよね、自由詩に比べて。短歌は一行だけでぴっと自立しちゃうから。それを受ける張り合いみたいなものがあるんだけど、下手に受けると自由詩がすごくだらしないものに見える恐れがあるんですよね。だから内容の濃さで勝負するしかない、みたいなところはあります。

14

どこからか分厚い猫の写真集が宅配で届いた
猫は飼っていなかったが隣家に犬がいて
垣根越しに仲良くなったが夭折した
名をネロといった
もう昔話だ

俊

谷川　この辺でなんか自分を具体的に出したほうが読者に親切なんじゃないかと思って。ネロっていうのはまあ、知らない人はもちろん知らないんだけれど、結構知られているから、「これ俺が書いたんだよ」みたいなことで、ちょっと具体的に名前を出してみたんですけどね。

木下　これは……谷川さんが出てきたなと。

――　そう、ネロが出てきたときは湧き立ちました。「ネロ、出してきた！」と（笑）。

谷川　俺、ずーっと自分を隠すほうに、隠すほうにいくからね。だからね、たまにこういうふうに出したほうが面白いかなと思って。

――　あ、サービスしてくださったのだなと。

谷川　そう、サービスしました（笑）。

木下　ネロは隣の家の犬でしたっけ。

谷川　そうそう。

――これは岡野さんの「今日は誰にも愛されたかった」とつながっているのでしょうか？

谷川 いや、そこまで深刻に考えてなかったけどね（笑）。

――「ネロ」という谷川さんの詩の副題が、「愛された小さな犬に」じゃないですか。

谷川 ああー、そう言われると確かにつながってますね。意識下でつながってるから、そういうのって。

岡野 でも犬ってそういう瞬間あると思うんですよ。「誰にも愛されたい」と思っている瞬間が。それで拾ってもらえたのかなと思いました。

谷川 ああ、それもあるかもしれない。この「猫の写真集」というのは実際に届いたんですね。なんかそういうわりと具体的なその日の状況から続けるっていうのが、結構、連詩・連句の場合はありうるんですよね。

木下 これは僕、また次かあ、と思いましたね。「河童」並みに難しいのがきたなと。

谷川 ははは。

木下 谷川さんの「ネロ」という詩はもちろん読んでいますし、「ネロ」を出されたらもう、谷川さんに刀を抜かれたも同然だな、もう「終わったな」と思って。

――では、そう思いながらも作った次の歌を。

15　感情の乗りものだった犬の名にいまはかなしみさえも乗らない　龍也

木下　「ネロ」は実際にいた犬で、そのネロを思い浮かべながら谷川さんが詩を書いた。このつながりには勝ち目がないと思ったんです。でもこの詩はあまりにも有名で、みんなの詩になっている。「ネロ」は複製されてたくさんの人に読まれている。その広がりの末端で「ネロ」はただの文字というか。そこには何の感情も乗らない、ただの言葉になっているというところまで持っていくことで勝機を見つけようとしました。

谷川　だからこれはなんとなく、「もう昔話だ」というのを受けてる感じがするんですね。これは「向付《むかいづけ》」でしょ？　言ってみれば。それがなんかすごくいいなと思いました。

——「向付」というのは……。

谷川 全然対照的なもので、うまくつけるのが「向付」ですよね。「悲しい」と書いた句の次に、「嬉しい」っていう句を作っちゃうみたいなのが「向付」。だからこれは一種の「向付」という感じがするんですよね。

——なんか「河童」「ネロ」「かなしみ」って、谷川さんの特に有名な詩のタイトルが続くなと。

谷川 他の詩を連想するのはルール違反じゃないの⁉　それは有利なのかねえ、どっちなんだろうねえ。なんか俺、すごく損してるような気もするなあ（笑）。

木下 「ネロ」の詩自体も、ネロがいなくなった後に、その人が、ネロが過ごさないいくつもの夏をこれから過ごしていくんだというものじゃないですか。書かれた時点でそうだったので、今、さらに時間が経って、詩の主体から見たらネロという言葉自体には悲しみさえも乗らなくなってしまった。ただの文字になってしまった、というところまで僕は逃げないと勝てないと思ったんですよ、ネロに。

谷川 でもこれはネロでなくても、一般的に、つまり自分の飼っていた犬が亡くなったときの感じっていうのがちゃんとあるんですよね。「かなしみさえも乗らない」っていうのが。ある時間が経ったら、あいつが死んだ時は悲しかったのに、今はもうそうじゃないというのがすごくよく出てるじゃない？

――いい歌ですね。岡野さん、どうですか？

岡野　「かなしみ」という言葉は3でも使われているんですが、その「かなしみ」もちょっと普通の使い方ではなくて名詞として使っていて、その名詞に意味をのせているじゃないですか。それが、15と言葉がかぶっているからどうなのかなと。連詩としていいのかどうか。僕の場合、あとで出てくる「犬」を「馬」に変えたりしているので。

――谷川さん、それについてはどうですか？　3で「かなしみのフルコース」という形で「かなしみ」を一回使っているので、そういうポピュラーな感情の言葉としては、二回使うのはどうかなということなのですが。

谷川　まあ本来は、連詩の場合にはあんまり二回使うのはよくないということになってるんだけれど、この場合は繰り返して使っている感じは全然しなかったんですよね。

――なるほど。これはひとつの流れとしてよかったと。

木下 セーフ！　よかった（笑）。

――読者も「ネロ」ってどんな詩だろうと気になっているかもしれませんので、ここで全編を紹介してから次にいきたいと思います。約七十年前、十代だった谷川さんの作品です。

「ネロ」――愛された小さな犬に

ネロ
もうじき又夏がやってくる
お前の舌
お前の眼
お前の昼寝姿が

今はっきりと僕の前によみがえる
お前はたった二回程夏を知っただけだった
僕はもう十八回の夏を知っている
そして今僕は自分のや又自分のでないいろいろの夏を思い出している
メゾンラフィットの夏
淀の夏
ウイリアムスバーグ橋の夏
オランの夏
そして僕は考える
人間はいったいもう何回位の夏を知っているのだろうと

ネロ
もうじき又夏がやってくる

しかしそれはお前のいた夏ではない
又別の夏
全く別の夏なのだ

新しい夏がやってくる
そして新しいいろいろのことを僕は知ってゆく
美しいこと　みにくいこと　僕を元気づけてくれるようなこと　僕をかなしくするような
なこと
そして僕は質問する
いったい何だろう
いったい何故《なぜ》だろう
いったいどうするべきなのだろうと

ネロ
お前は死んだ
誰にも知れないようにひとりで遠くへ行って
お前の声
お前の感触
お前の気持までもが
今はっきりと僕の前によみがえる

しかしネロ
もうじき又夏がやってくる
新しい無限に広い夏がやってくる
そして
僕はやっぱり歩いてゆくだろう

新しい夏をむかえ　秋をむかえ　冬をむかえ
春をむかえ　更に新しい夏を期待して
すべての新しいことを知るために
そして
すべての僕の質問に自ら答えるために

『二十億光年の孤独』所収

16

あれはＵＦＯを見た晩だったと
当たり前のように大声で喋ってる老人
都電の走行音はこの頃うるさくなくなっている

俊

谷川　なんか結構ＵＦＯ見た人多いからさあ。時々威張ってる人、いるんだよね。

――これは木下さんの歌のどこを受けたんですか？

谷川 ……どこを受けたんだっけ（笑）。

木下 「乗りもの」？

谷川 「乗りもの」だろうなあ。ＵＦＯも都電も乗り物だもんね。

岡野 映画の冒頭とかにある、モノローグのみで、映像だけが流れている感じがしました。こういう大声でしゃべってる老人って、ポケットラジオとかぶら下げて、すごい大きい音を流しながらウワーって言ってるイメージがあったんですけど（笑）。このシーン自体が、すごく好きな情景だなと思って。喚いている老人までがさっきの映画の話でいうと背景で流れている映像で、「都電の走行音はこの頃うるさくなくなっている」というのが語りで入ってるような、そんなイメージです。

――ああ、なるほど、前半二行がシーンで、三行目にモノローグが入る。

木下 こういうおじさん、いますよね、たまに。

谷川 歳とると耳が遠くなっていくから、どんどん声が大きくなっちゃうんですよ（笑）。

木下　どんどん無音に近づいていく乗り物の対比として変わらずうるさい人がいて、いちばん無音だろうＵＦＯのことを喚いて話している。いいですね。

17　ラジカセか馬かで迷ったことがある新生活に要るものとして　大嗣

岡野　これ最初、「ラジカセか犬か」にするかで迷ったんですよ。でも「犬」だと繰り返しになって連詩が戻ってしまうから、次に「猫」に変えたんですけど、やっぱり猫より「馬」のほうがいいかなと思って、最終的にこうなりました。受けとしては、さっき言ったようにガーッってしゃべってるこのおじいさん自体がラジカセから出てる音のようなイメージもあって「ラジカセ」としたのと、この連詩が春がスタートというところもあるので、そこもちょっと遠くに含みながら「新生活」としました。「馬」にしたほうがいいなと思ったのは、「都電の走行音」というところ。もちろん昔の都電の走行音がどんなだったか、実際には僕は知らないんですけど、何かいなないているような、キーッとかそういう音かなと想像して、その音のイメージでつなぐとしたら、「馬」にするといいかなあと。

――岡野さんがおっしゃったように、この歌は最初は「ラジカセか犬か」だったんです。今回の連詩でこの時だけなんですが、谷川さんから「犬がちょっと続きすぎている」という指摘があって。それで岡野さんが、最終的に「馬」にしたという経緯がありました。

谷川 でも新生活に馬が要るっていうのは、結構シュールな感じだからさ。

岡野 なんか……ある時代にはあったと思うんですよ、新生活に絶対馬が要るっていう時代が。新生活にラジカセが要る時代もあった気がして。昭和の大学生とか。

谷川 ラジカセは明らかにあるね。馬が要るっていうと、森鷗外の時代なんじゃない（笑）。

岡野 でも確かに両方要るんじゃないかなと思って。そういう意味でもここで時代が飛ぶから、時制がいろいろ混じっていいかなと思いました。

――ラジカセか馬かで迷うって、すごく面白い対比ですよね。

岡野　一人の中に、森鷗外と、昭和の大学生がいるくらいの感じで……。

木下　ラジカセも馬も、迷う選択肢にまず出てこないと思うんですよね。冷蔵庫か電子レンジかみたいな悩みの選択肢はあっても。岡野さんの歌は、ずーっとなんか不穏なものを含んでいて、こういうことで迷っているこの人、これから大丈夫かなという不安を感じさせる歌だなと。それがまあ狙いではあるんでしょうけれど。ラジカセと馬は、僕は思いつかないなと思いました。

岡野　でも、犬を外れてよかったなと思って。僕、犬出しがちなんですよ。

木下　犬は家族だからなあ。ラジカセとは並べられない。けど馬って生き物でありながら移動手段でもあったわけだから、犬よりはモノ感があってラジカセと並べやすい。馬でよかったと思います。

18　いつの間にかボクがオレになっていた

一人称って英語では最初の人間なんだから
私はけっこう重要人物かも　　俊

谷川　これはもうほとんど冗談ですけどね（笑）。この連詩の流れと関係なく、僕はなんか常に言葉を問題にしているところがあるから、一人称についてちょっと書いてみたいなと思って。

――この18は、全体の真ん中あたりなんですけれども、それも意識されているんですか？

谷川　ありますね。ちょっとまた違うものを入れてみたいなと思って。

――じゃあ、あんまり前の歌とのつながりは……。

谷川　ないんですね。折り返す感じで。だから「ボク」が「オレ」になっていたというのは、この詩の中の話ではなくて、自分の意識の中で変わっている「ボク」と「オレ」なんですよね。

木下　僕は普段、一人称が僕なんですけど「いつの間にかボクがオレになっていた」ということがなくて、というか「オレ」にできなかったんです。

谷川 しゃべってるときはどう?

木下 僕のままですね。

谷川 「オレ」は絶対言わない?

木下 言わないです。小六くらいからまわりが「オレ」って言い始めたなと気づいたんです。それで僕も「オレ」って言うように変えてみたら母親に「そういう言葉遣いはやめなさい」って言われたんです。「僕って言いなさい」って。そのときは普通に「ああそうかダメなんだ」と思っただけだったんですけど、それがなぜか今でも効いていて「オレ」ってなんか言えないんですよ。文章では「オレ」と書くこともあるんですけど。

谷川 ああ、なるほどねえ。僕もだいたい小学校の五、六年くらいからかなあ、「オレ」って言えるようになったのは。杉並のこの辺りはちょっと田舎だったから、「オレ」って言うのは自然だったんですよ。

岡野 これ、僕もよくわかります。僕も自分のことを「僕」って言うんですけれど、なんか「オレ」って言えなかったんですよ、ちょっと偉そうな感じがして。でも「僕」って言うのもその当時は恥ずかしくて、だから「僕」って言わなくて済む話法を使ってました。まあ、今はもう大丈夫なんですけど。そういうときに、英語って全部「I」だからいいなあって思ったんですよね。

谷川 ねえ、ほんと。

岡野 あと、女の子は「私」で全部貫くことができるし。でも今思うと、男って「オレ」って言ったり「僕」って言ったり、使いわけるのはずるいなとも思いますね。これ、「いつの間にかボクがオレに」なってて、「オレ」が「私」になってるんですね。「私はけっこう重要人物かも」。

——「私はけっこう重要人物かも」という意味は……。

谷川 一人称のことを英語で「ファースト・パーソン」っていうから、「第一の人間」でしょ。「初めての人間」みたいな意味があるわけじゃない、だから「重要人物かも」って書いたの。

――あ、なるほど。

木下 短歌ってあんまり主語、置かないですもんね。

谷川 しゃべるときにも日本語の場合にはいちいち主語を言わないで済んでるんだよね。

――短歌の場合には、おそらく歌人と短歌が同一視される傾向が、詩よりも強い。

谷川 そうだね。

――そのあたりの、短歌における私性みたいなことについては、お二人はどう思いますか？

岡野 多分、僕……木下さんもですけれど、僕らの短歌って匿名性が強いと思うんですよ。というのは、自分の私生活と結びつけて書いていないから。だから自分が体験したことのない情景なのに、なんか見たことがある、みたいな感想をもらうことが多いんですけど、誰にでも起こりうる気持ちとか、誰もが見たことのあるようなものを書きたいと思ってるので。そういう意味で、最近はあえて歌の中に「僕」とか主語をなるべく入れないようにしてるんです。それでもつい書いてしまうんですけれど。

木下 字数合わせにちょうどいいんですよ、「僕は」とかって。

岡野 でも、入れないほうが読む人が感情移入できる。短歌にも「わたくしは」とかって結構出てくるんですよね。まあ、使い勝手がいいと思うんですよ。

木下 短歌で「僕は」と書くとき、自分自身ではなくその歌の主体が「僕は」と言っているということにしているので、自分とは距離を置いているつもりではあるんです。

谷川 みんなそういうふうに読んでくれるの？　この「僕」は歌人そのものではないと。

木下 いや、みなさんは僕だと思ってます。

谷川 でしょ？　詩も同じなんですよね、それはね。

岡野 それ禁止って書きたいくらいですよ。「結びつけて読むのは禁止」って（笑）。

——この人称のテーマは次の木下さんの歌にも続きます。

19　吐き方を知らずに主語も花びらも時間を吸って古くなるだけ　　龍也

木下　最近、花が好きで一輪買っては枯らして捨てるっていう酷いことをしているんですけど、花っていうのは時間を吸って古くなっているなとなんとなく思っていたんです。そのときちょうど18の詩が来た。で、形のない主語というものも時間を吸収して、ボクがオレになったり私になったりする。開いた花はつぼみには戻れないし、オレになったらボクには戻れない。吸った時間の吐き出し方を花も僕らも知らない。その点で同列に並べることができるなと思って書いた短歌です。

――18、19と続き後半の流れがでてきました。そして、谷川さんの次の詩です。

谷川　はい。また市川さんが出てきます（笑）。

20

市川からワイキキの海の絵葉書が来た
もちろん行ったことはないというそれだけの文面
隠されたメッセージがあるようでないと思った

俊

木下　「あるようでない」って面白いな。

谷川　作者＝作品と思われるのが嫌だから、僕もなんか常に韜晦《とうかい》しているところがあるんですね。「僕は」「私は」と書いても、これは俺じゃないよ、みたいに書いているでしょう？　これもやっぱりなんか、三人称的に話したいっていう感じがあって、まったく絵空事のワイキキの海っていうのが出てきちゃうわけね、自分の中に。それで……つまり市川が、まあ、学生なのかなんだかよくわからないんだけれど、そんな簡単にハワイに行けるような身分じゃないだろうから、「もちろん行ったことはない」と書くところに彼の面白さがある、というふうに書いたわけ。

――すごいですね、この詩自体が何も伝えていないのが。

谷川　それが理想なんですよ。「メッセージはありません」っていうのが詩の理想。

岡野　いやでもほんと、何もないんですよね。でも市川って「妙に真面目で悲しげな口調」で「河童だったことがある」と言ったりするし、めちゃくちゃメッセージもありげなんですけど。

谷川 すごいひがんでるのかもしれないしね、「行ったことはない」って書いて（笑）。

木下 やっぱり18、19と同じような感じが続いてたのが、市川が出てくることによって、舞台がまったく転換するなあと思って。市川出したら場面がバーンって切り替わるというか、解決するというか。

谷川 ずるいってなるよね（笑）。

木下 でもこれはなんか、流れを先に進めようとしてくださったんだなというのは感じました。「あるようでないと思った」って、なかなか書けないですよ。「ない」で終わらせるのがすごい。ないんかい！　って思いましたもん。

谷川 短歌でこういう、人名をフィクションで使うことはあるの？

岡野 木下さんの第一歌集に、「佐藤」が出てくる歌がありましたよね。「全国の佐藤を点で結んだら日本の地図になりませんかね」っていう歌。

木下 佐藤は記号として。佐藤って知り合いにもたくさんいて特定の顔が思い浮かばないからこそ使えたんですけど、市川だと使えませんね。市川という人がいるっていう感じがします。

岡野 市川が出てきているときだけが現実みたいな見え方もしますね。夢の世界をさまよっていたり、昔を思い出したりしていて、市川がいる時だけはリアルタイム。

木下 抽象が具象になるって感じですよね、市川が出てくると。

21 信号の赤とガストの赤は違うことをふたりで愛でながら歩く　大嗣

岡野 これはもうほんとに何か「あるようでない」というのを全体として受けたんですね。夜、ロードサイドとかを歩いていて、赤信号になって、世界全体が赤く見えるような時があって。ガストの看板は赤色なんですけど、そういう赤と微妙にあの赤はなんか違うなと、微妙な差異がなんかきれいだなあと思いながら、特に何も話さずに歩いている。二人ともそれを綺麗と思っていることは、なんとなくわかっている……というふうなイメージです。あんまり何も言ってなくて薄い感じですけれど。

―― 歌人も詩人も、日常の差異を見つける「目の解像度の高さ」にいつも驚かされます。20の詩からの受けとしてはどこでしょうか?

岡野 うーん……なんか、「ワイキキの海の絵葉書」ってちょっと青いイメージがするので、そこにいろんな青がある、明度とか彩度とかが違う青があるとした場合に、赤で対比できるかなと。あとは本当に、「隠されたメッセージがあるようでない」というようなことをシーンでとらえたという感じですね。解釈しようとしない、みたいな。

木下 市川は絵葉書を出していてここにはいないので、二人になっているんだろうなと。

岡野 それよりも、ここまでに二人で、というシーンがあんまりないかなという気がしたので。まあ夫婦喧嘩のシーンとかはあったんですけど。この二人は男同士かもしれないし、女同士かもしれないし。それはさっき言った主語をあんまり限定しないというところで、それぞれ読者が置き換えて読んでもらえればいいと思っています。あんまり状況を書きすぎずになんとなく、ロードサイドとかのイメージを持ってもらえたらいいなと思って。

22

ステッキと仕込み杖は兄弟ではないにしても親戚だ
実用的な道具のくせにどこかお洒落だから　　俊

谷川　これは明らかに「赤の違い」からきてるんですね。
木下　仕込み杖ってあの、刀が出てくるやつですよね？　座頭市とかの。
谷川　そう（笑）。
――　座頭市は、次の木下さんの歌にもつながりますね。

23

盲目のふたりがゆずりあい点字ブロックの細さをすれちがう　　龍也

木下　僕、いつも地下鉄で通勤していて、点字ブロックを使っている方をたまに見かけるんですけど、あの細さってひとり用のコースだなと思って。同じ境遇の方が同時に二人いた場合どうしているんだろうと思ったんです。そういう場面を実際に見たわけではないんですが、きっとそういうことも起きてはいるんだろう、あれはすれ違えない、だからおそらく譲り合って歩くんだろうなあという歌です。

岡野　この歌は、しっかり前を受けていると同時に、これ一つだけでもわかる。まあ想像ですよね。実際に起きてないけど、起こりうるんじゃないかという。

――次の谷川さんで全体の2／3が終わりです。座談で話すとあっという間ですが、連詩ではここまでおよそ三ヵ月が経っています。連詩も徐々に終盤へと向かっていきます。

24　砂漠のど真ん中にあまりにも真っ直ぐな道が開通した

計画では都市の背骨にあたる道だと言うことだが
始点も終点も既に砂に埋《うず》もれている（らしい）
俊

谷川 これは完全に「道」からの連想なんですけどね。23が点字ブロックで譲り合うというとてもデリケートな「道」だから、もうちょっと乱暴な受け方をしてみたいと思って、「砂漠」と「真っ直ぐな道」というのが出てきました。ブラジリアという都市ができたばかりの頃……できたばかりというか、まだちゃんと機能してない頃に、行ったことがあるんですよ。それがなんかこんな感じだったの（ブラジリアはブラジルの新しい首都として一九六〇年に建設された。谷川は一九六三年、ブラジルに謝肉祭を見物に行っている）。

――都市って道から作る印象があります。

谷川 そうなんだよね。ブラジリアなんか明らかにそうでしたね。

岡野 この詩は、出てきた瞬間に「ああいいなあ」って。前後の短歌と切り離しても、この詩のなかだけで想像がどんどんふくらんでいきました。未開だったところに道が一本すうーっと通って、背骨ができる。ただ始点も終点もすでに埋もれているっていう。前半出てきたドアの開け閉めの話とかも思い出したりして。ちょっとSFっぽいんですよね。

谷川　そうですね。はい。

――このSFっぽい感じって、次の岡野さんの歌にもつながっていますよね。

岡野　そうです。なんかSF感を出したいなと思ったのと、次はすこし凝ったことをしようと思ったので。

25　警告！　この電子メールで愛が見つかりました　ここでは誰もが電柱を抱く　　大嗣

岡野　ここまでに、僕、「愛」って二回書いているんです。「愛されたかった」（連詩13）「愛でながら」（連詩21）と。で、よくこういったSFの舞台では、「愛」が含まれたメールが見つかるとウイルスのように「警告」として摘発される、それで連詩に書かれた「愛が見つかりました」と。ここまでの連詩全体を電子メールで誰かに送ろうとしている、と思うと面白いかなって。

木下 この「電子メール」っていうのは、これまでの連詩全体を指してるんですね。

岡野 はい。下はちゃんと前の詩を受けて、「ここでは誰もが電柱を抱く」としました。というのは、電柱を抱くときって、なんか背骨みたいな感じがするんですね。肉がなくて、背骨だけを抱いてるような。こういう道ができたばかりで、それを道とすら認識できていないような人たちがもし電柱を見たら、「これは抱くのにちょうどいい」と思ってみんな抱くんじゃないかと。道の周りで電柱を抱いてる、というイメージにSFの味わいを持たせてみました。

木下 電柱って……抱きました？　最近。

谷川 ははははは。

岡野 これ作る時に、電柱抱く感じどんなかな？　と思ってやってみたんですよ。電柱って、結構でかい。だから腕を巻けはしないんですよ。

――頭の中でイメージしたより大きかった。

岡野 大きい。頼りがいがありました。でもやっぱり冷たいんです。この24の世界では、愛が見つかると摘発される。だから電柱を抱いている。

谷川 すごい皮肉な感じだよね。

26

総理大臣がどこかの国の大統領をハグしている
ぎごちないのは背丈が違うせいではなくて
貿易赤字のせいだろう　　　　　　　　　　俊

岡野 これ、面白いですね。

谷川 急に三面記事的になっちゃってるんですけどね。でも「電柱を抱く」って、なんか総理大臣と大統領が抱き合ってるって感じがするじゃない。全然人間的じゃないんだよね、なんかね。それでこういうのが出てきちゃったんですけど。

岡野 お互いを電柱って思ってるかもしれない（笑）。

木下 ニュースでよく見かけるシーンですね。

―― 木下さんの歌にも、そういう時事ネタっぽいものがあります。「あなたが日本海に落としたのは金のミサイルですか銀のミサイルですか」とか。これはまあ「金《キム》のミサイル」ということですね。

27 **抱きしめてきみの内部に垂れているつららをひとつひとつ砕くよ** 龍也

木下 普通に「ハグ」からとりました。このまま政治の話を続けてきても無理だなと思って。

谷川　ほんとそうですよねー。

木下　人を抱きしめるときって自分はどういう気持ちで抱きしめるかなと考えてみたんです。どんなに強く抱きしめても、抱きしめられるのはその人の表面だけなんですけど、その人が長年育ててきた冷たいつららのようなものがあるならば、抱きしめることでそれを感じ取りたい、できればそれを砕くくらいまでいきたいなという気持ちがあって。

谷川　すごいロマンティックだよね。

木下　そう、書いてててちょっと恥ずかしいなと思って。

谷川　女子にウケるよね、こういうのは。

木下　岡野さんはこういう甘い歌あんまり好きじゃないと思います。

岡野　これ、愛が入ってるから警告で……（笑）。

28　観光で鍾乳洞に行ったら座りこんでる人がいた

よく見るとどうやら座禅のつもりらしい
背広を着た普通の社会人だ
思わずクスッと笑ってしまった

俊

木下 これは、実際に見たのかなとも思ったんですが。

谷川 実際には見ていないです、鍾乳洞《しょうにゅうどう》には何度か行ったことはありますけど。

木下 僕の地元にありますよ。山口県の秋吉台っていう。

谷川 あそこ有名ですよね。僕もそこに行ったんです。

木下 「普通の社会人」ってこれ、市川っぽいなと。

谷川 もしかしたら市川かもしれない（笑）。

木下 こういうことやりそうだなと思って。

岡野 普通にTwitterのつぶやきで見つけられそうですよね。それがいいなと思って。即興的で、普通の言葉。

木下　短歌だと多分、「クスッと笑ってしまった」って書けないですよ。どっちかにすると思う。「クスッ」か「笑う」か。

――短歌は字数がありますからね。つらら、そして鍾乳洞ときまして……では岡野さん。

29　文頭に「ちょｗｗｗ」がつくように滅ぶだろうフェイクニュースに釣られてぼくら　大嗣

――「ｗｗｗ」っていうのは、ネットのスラングで笑うことを表しています。

岡野　そうですね。それと、ｗを三つにすると「ワールド・ワイド・ウェブ」にもなるからいいかなあと。普通は「ｗ」一個でもいいじゃないですか。でも三つにしておこうと思ったのは、ネットを意識させたかったのと、単に「ちょｗ」だけだとそこまで意識を引っ張れないなと思ったので、よりネットスラングらしさを強調して書きました。「ちょｗ ｗｗ」って、ネット越しに何かに対して笑う言葉なので、自分事じゃなくて、圧倒的に他人事として傍観していくスタンスの表れというか。でもいずれそういう中で、フェイクニュースに致命的に釣られて、全員滅んでしまうというような状況をイメージしてみました。

谷川　「ちょｗｗｗ」とかって、相当みんな使ってるわけ？

木下　若い人は使うんじゃないですか。特にＳＮＳとか使ってる人は。

岡野　漫画とかの描写だと、殺され方が残酷なほど、一瞬殺されたことがわからずに「え？これ何？」「ハハハ」と笑ってるうちに死んでしまうようなことが起きたりするじゃないですか。致命傷を与えられたことに気づかずに、一瞬笑ってしまうという、そんなイメージに近いです。25、26ですごい戦争が起こって、そういうこともありうるかなあって。他人事と思って眺めていたミサイルが自分のところに飛んできた、みたいな。

――ディストピア小説の中にいるようです。

岡野　そうですね。25とか29とかは、実際の情景というよりは「作った」というような短歌ですね。

30

Siriが戸惑っている
七五調で質問したからだろうか
答えは期待していなかったのに　俊

谷川　これは、短歌の方に対してちょっとお愛想言ってるんですよ（笑）。別に七五調で質問したんだってSiriが認識するはずないんだけどさ。

岡野　そうですね。七五調っていうところでまんまと喜んでしまいました。

――岡野さんから「『ちょｗｗｗ』って谷川さん、わかりますかね？」という質問付きで29の短歌がきた時に、「わからない」というお返事と一緒にすぐに30を書かれていたから、そのことも含んでいるのかなと思いました。

谷川　そうそう、それもありますよ。

岡野　なんかでもいい感じの救われ方してますよね、程よく。

31　だらしない尻をさみしい腰で打ち耐えがたいほど動物だった　龍也

木下　Siri自体は知ってるんですけれど、僕、使ったことはないんですよ。なんか一人でしゃべるのが恥ずかしくて。

谷川　そうだよね。でも編集者なんかでさ、一人でスマホにしゃべってる人とかたまにいるんだけれど、ちょっと異様な感じがするんだよね。「なんかこのへんに、お弁当屋さんありますか?」とかすごく個人的なことを聞いてるの。

木下　隣の人に聞けばいいのに（笑）。

谷川　でも「Siri」を「尻」で受けたのがすごくおかしいね（笑）。

木下　短歌そのものについて何か書こうかなと思ったんですけど、難しくて。取れる材料としてはあと「Siri」しかなくて。ちょっとダジャレにしようかなと。人間って、文明とか人間らしい面と、動物の面と両方持っていると思うんですが、今までは人間の面についてずっと触れられてきたので、ここでは動物の面に振ってみようかなと思って、こういう歌にしました。

――なるほど。これは岡野さん、いかがでしたか？

岡野　ここ結構ベタというか、ダジャレで受けるんや、と思って。でもこれくらい直接的に受けるのは面白いなと思いました。今の「文明と動物」という説明を聞いて、よりそう思いました。

――Siri、尻ときて、谷川さんお願いします。

32　臀部という言葉に出会った時は不快だった

おいどと同じところを指しているとは思えなかった

尻子玉の解釈は市川にまかせた　俊

谷川　なんで我々はこういう話題が好きなのか（笑）。市川さんも、いなくなっちゃうと困るからこの辺で出しておこうと思って。「臀部《でんぶ》」って、子供の頃は全然わからなかったじゃない？　相当大きくなってから、「臀部」というのは「お尻」のことだと学ぶわけですよね。僕は「臀部」が「お尻」だというつながりが全然わからなくて、つまりあの丸くて可愛いお尻を、なんでこんな難しい漢語で言うんだと思って、子供心に好きじゃなかったわけ。「おいど」というのは関西語かな？

岡野　関西ですね。僕のおばあちゃんとかよく使ってました。

谷川　うちも伯母とかね、関西系のうちの女たちが使っていたので、「おいど」はすごく親しみのある言葉だったんですね。だからなんで「おいど」っていう綺麗な言葉を、「臀部」と言わなきゃいけないのかっていうのが不愉快だったわけです。「尻子玉」っていうのはお尻からの連想で、市川を出すからちょっと使っちゃったんだけれど（笑）。

木下 市川、完全に河童だと思われてますね。

岡野 「おいど」っていう言葉は僕はなじみがあるので、なんとなくこの感じはわかります。

33 ウィキペディアの改竄をしてその足で期日前投票へ　白票　大嗣

岡野 ウィキペディアって、人がしたいように解釈して、改竄《かいざん》したりもすると。それで「解釈」のところを「ウィキペディア」で受けて。あとはこの歌全体としては、たとえば特定の思想とか自分の嫌いな人物のところを改竄したり、そういうことにはすごく積極的で、一応投票には行くんですよ、しかも期日前投票に。でも書くことがなくて白票にしているという、一人の中にいろんな感情のモードがあるというようなことを書こうとしました、少し硬い言葉で。「ウィキペディア」だけ軽い感じなんですけど。

木下 まあでも、今の人って実際こうなんじゃないかな、っていう気がします。ウィキペディアの改竄はしても選挙にはちゃんと行く。それで、選挙というシステムには参加しても誰かを選ぶというのは放棄しますみたいな。ちょっとねじれはあるけど、それが今の「普通」なのかなと。

――岡野さんはこれがこの連詩の中での最後の短歌でしたが、そういった感慨も込められているんでしょうか。

岡野 うーん……単純に「白票」で、あとはもう任せたみたいな。

木下 期日前投票をすませた感じで、「俺は先に上がるぜ」。

谷川 なるほどねえ、そこまで思わなかったなあ(笑)。

34 アンダーはやっぱり白がいいなと言ったら苦笑いされた
雲一つない青空を英語ではブランクスカイと言うそうだ

なんか連想が増殖しそうで白はちょっと恐い　俊

谷川　これは「白票」からの連想ですね。今はほら、ネットでアンダーを買おうとすると、白がすごく少ないんですよね。カラーのものがぶわーっと出てくるの、男物でも。白はなんかすごくこう、厳格な感じがするんですよね（笑）。僕はもう、絶対に白が定番で、色物のアンダーを穿くなんて全然考えもしないから、そういうのを見るとびっくりしちゃうんだよね。それで白のアンダーの場合はね、布地の感覚がすごく問題になるんですよ、我々くらいの歳になると。それがいいのと悪いのとあって、ネットでは区別がつかない。だから買ってみるより仕方ないみたいなね。

――ここで「お尻」や「臀部」という話題と「白」がうまくつながりましたね。

谷川　そう。少し品良くなったでしょう？

木下　確かに。一応、下着は身につけた。

――「連想が増殖しそうで白はちょっと恐い」というのは、連詩の最後のほうに白という言葉を置くのが、連詩の流れとして、拡散してしまうかなという意味もあるんでしょうか？

谷川　いや、もっと単純に、白からだったら何色にでもいけるわけじゃないですか。だからどんなふうにもできるっていう気がして、それが「恐い」と言って、ちょっと止める方向にいってるわけ。

――ああ、抑制しているんですね。

岡野　これ、「雲一つない」のところ、ほぼ短歌なんですよね、一音足りないだけで。「雲一つ／ない青空を／英語では／ブランクスカイ／と言うそうだ」。

谷川　ほんとだ。

――五・七・五・七・六ですね。

谷川　知ってた？　雲一つない青空を「ブランクスカイ」と言うって。

岡野　いや、知らなかったです。でもいいですね。

谷川　俺もこれ、たまたま知ったんですよ。「ブランクスカイ」、つまり空白っていうことですね。日本語だと空は「青い」というイメージがすごくあるから、なんか「ブランク」とは言えなかったんだよね。それに今、空ってブランクじゃないしね。宇宙のゴミがものすごくあるわけでしょう？

――木下さん、谷川さんの受けを見てどうでしたか？

木下 まさかパンツでくるとは、と。「白がいい」っていうのは自分が穿くならってことなんだなと今わかりました（笑）。女性に穿かせるなら白がいいと言って苦笑いされたのかと思っていて。そのあとの「連想が増殖しそうで白はちょっと恐い」というのは、僕が短歌を書くときの気持ちに近いんですよ。何も考えていない白紙の状態から何かアイデアを絞り出さないといけない。いろんな方向に飛んでいく思考の中から取捨選択をして歌になるたった一本を摑まないといけない。だからいつもうまくやれるかどうか不安で怖いんです。それを言葉にしてもらえたなと。で、パンツを受けて次どうやってつなごうかなとまた悩みました。

岡野 僕はもう自分の番が終わったから、リラックスして読めました。注射終わった人みたいな（笑）。

谷川　ははは。

――次が、この連詩での木下さんの最後の歌ですね。お願いします。

木下　はい。

35　海の奥からだれひとり戻らない　絶やそうか絶やそうよ、かがり火

龍也

木下　受けたのは「白」と「空」というところだったんですが、「白」が怖い、空白が怖いというのを考えていたら、やっぱり東日本大震災が思い浮かんだんですよ。あったものが、何もなくなってしまった。最後にそっちの方向に振るのもどうかなと思ったんですが……なぜか、絶望的なほうに振ってしまったんです。もう誰も戻ってこないから、ここに置いていている火も消そうかと話しているというシーンにしてしまいました。ずっと待

っていて、この火を絶やさないようにしよう、という希望のある話にもできたんですが。この連詩の火が次の36で終わるというところからも影響を受けているんだと思います。

――二つの歌を用意して迷っていましたね。

木下 最後に市川を出そうかなとも思ったんですよ。「海の奥から市川が戻らない」にしようかなと。市川がどっか行ってしまった、っていう。でもそれだとちょっとコミカルになるなと思って「だれひとり戻らない」にしました。

谷川 今まであんまりほら、現実の日本の状況っていうものがこの連詩の中には出てきていなかったわけでしょう? ここでそれがなんか自然に出てきたっていうのがすごく面白かったですね。それだけ一種のトラウマを抱えているというのが。だから最後もやっぱりそんなに明るく開放的には終われないんですよね。

岡野 「海の奥」って、濃い深い青色という感じがして。

谷川 「海の奥」っていいよね。

岡野 「白はちょっと恐い」というところから「海の奥」というところで、34から音が映像的になっているなという感じもしました。映像的ですよね、かがり火とかも。

――では、最後に谷川さんお願いします。

36

火で終わるのも水で終わるのも災害の一語ではくくれない
戻らない人々を祝福するために俗に背いて詩骨《しぼね》をしなやかに保つ　俊

谷川　これ、ちょっと苦肉の策という感じで（笑）。大岡が見たらきっと「もうちょっと明るく開放的に終われ」って言うに決まってるんですけど、でも出ちゃったらそれを無視するわけにはいかないから。やっぱり我々の災害の経験というものがここに出てきていて、むしろそれがいいんじゃないかと思ったんですよね。

――「詩骨」という言葉にはどこか希望を感じます。

岡野　「俗に背いて詩骨をしなやかに保つ」って、格言としても読めますよね。結局「大きな物語に回収されない」って、一般的な言葉でいうとそういうことになると思うんですけど。

谷川 つまり俗の世界では、大きな災害を大事件として取り上げて、お涙頂戴でまとめるじゃないですか。そういうのが嫌だから、なんかせめて自分の背骨をちゃんとして、でも「背骨」って言っちゃうとね、あまりになんか直接的だから、「詩骨」っていうまあ、ない言葉を使いました。ずっと詩を書いてきたわけだから、それをできるだけしなやかに保ちたい、みたいな終わり方をしているわけです。

木下 成長しきった後でも血や肉は外から栄養を取り込めば増やすことのできるものだと思うんですけど骨そのものってもう変えられないものだと思うんですよね。谷川さんにとって詩は「骨」なんだなと思いました。僕は短歌を「肉」くらいにしか思っていないので。

谷川 いや、この詩だから「骨」なんですよ。普通は僕、骨だと思ってないんですよ、詩は。もうちょっと色っぽいもんだと思ってるわけ（笑）。

木下 これを読んで、ナチュラルボーン詩人だなと思って。すげーってなりました。僕は後天的に短歌をやっているけれど、谷川さんは生まれながらの詩人なんだなと思いました。

谷川　それは過大評価です（笑）。「詩骨」なんて言葉、ないもんね？

――ないですね。

谷川　それで僕も引っかかってるんですけどね、突然最後にそういう勝手な言葉を出していいのかなと。

木下　でも意味を聞く前に、言いたいことはわかりましたよね、これ。むしろ「詩骨」って言葉は僕が知らないだけで本当にあるんじゃないかと。

岡野　24に「背骨」ってあるじゃないですか。それを拾ってるのかなという気もしました。

谷川　そうかそうか。

木下　最後すごく凜として終わったなと思って。その前まではお尻の話をしてたのに、急に真面目になって（笑）。

谷川　ははは。

岡野　なんかもう、スッと立ってますよね、白いパンツを穿いて、厳格に（笑）。

＊＊＊

――これから連詩にタイトルをつけていただきます。どうやって決めましょうか。

谷川 しゃべっていると自然に決まるね。みんなで出して、決めようよ。

木下 「市川」……。

岡野 全体として、市川を思い出している話なのかなとも読めますね。

谷川 そこまで市川、重要人物じゃないんだけど（笑）。

岡野 タイトルではないか……。いつもは連詩の中から拾いますか？

谷川 だいたいそういうことが多いですね。

木下 「詩骨」は？ 強すぎるかな。

谷川 イメージがね、とりにくいと思うな。

岡野 あんまり長いタイトルにしないほうがいいんですかね。

谷川 長いのもあったけど。ちょっと人の気をひくほうがいいんだよね。なんだろう、読んでみようか、ってなるような。

木下 「オレ河童だったことがある」。

谷川 ははは。

—— 「電柱を抱く」とか。

谷川 ああ、「電柱を抱く」。いいと思うけどなあ。

木下 これは？　「今日は誰にも愛されたかった」。これ好きなんですよ、僕。

岡野 僕らはさておき、これだけみんなに愛されている谷川さんが、まだ愛されたいと言っているみたいで（笑）。「電柱を抱く」も味わい深いですが、谷川さんと僕らで「今日は誰にも愛されたかった」のほうが期待感はあるかな。

谷川 そっか、文法的にひっかかるところもいいのかもね。

木下 うん？　となるのが。

—— 連詩の冒頭の気分としても相性がよさそうです。では、タイトルはこれに決めましょう。谷川さんいかがでしょうか。

谷川　けっこうですよ。

――連詩、感想戦、タイトルとこれですべて終わりました。おつかれさまでした。

木下　楽しかったです。

岡野　とっても。

谷川　俺たちなんかトリオの名前をつけようか？　三人のさ。

木下　じゃあ、市川。

谷川　冴えないなあ、「トリオ市川」は（笑）。

■二〇一九年六月十七日収録

最後にもう一度、連詩から作者名をのぞいた一編の作品としてご覧ください。

「今日は誰にも愛されたかった」

ベランダに見える範囲の春になら心をゆるしても大丈夫

思い出すなつかしいあの日と
反芻をくり返すくやしいその日と
今日のこの日もいつかは日々になってしまう

かなしみのフルコースです前菜はへその緒からのはるかな自由

宮中での陪食ということになって
祖父は祖母に礼服を出させた

幼い孫たちにはナフタリンの香りが珍しく
訳も分からずはしゃいでいる

分離帯に桜がずっと生えていて前をゆく白バイが事故った

炊飯器が何か言ったけど聞き流して三人で外へ出た
いつの間にか前の道に水たまりが出来ている
市川が蹴つまずいたが転ばなかった

まぶしさに視線を折られぼくたちは夕日の右のビルを見つめた

僕らはこれまでもう何千回も出たり入ったりしているけれど
ドアという奴は開けるときよりも閉めるときの方が品がいい

シネコンじゃ好きな相手が死ぬ系の映画しかないしね　どこ行こう?

池ってなんだか懐かしいね
どうしてだろうと言ったら
市川がオレ河童だったことがあると言い出した
その妙に真面目で悲しげな口調に
あれ?と思った

とろとろと睡魔にいたぶられているきみにとどめを刺す鳥の歌

真っ黒くて重たい78回転のSPレコードは
夫婦喧嘩の手頃な小道具だったけれど

33回転のＬＰレコードになったら簡単に割れない
引っ掻くしかなかったのでなかなか気持ちが収まらなかった

四季が死期にきこえて音が昔にみえて今日は誰にも愛されたかった

どこからか分厚い猫の写真集が宅配で届いた
猫は飼っていなかったが隣家に犬がいて
垣根越しに仲良くなったが夭折した
名をネロといった
もう昔話だ

感情の乗りものだった犬の名にいまはかなしみさえも乗らない

あれはＵＦＯを見た晩だったと
当たり前のように大声で喋ってる老人
都電の走行音はこの頃うるさくなくなっている

ラジカセか馬かで迷ったことがある新生活に要るものとして

いつの間にかボクがオレになっていた
一人称って英語では最初の人間なんだから
私はけっこう重要人物かも

吐き方を知らずに主語も花びらも時間を吸って古くなるだけ

市川からワイキキの海の絵葉書が来た

もちろん行ったことはないというそれだけの文面
隠されたメッセージがあるようでないと思った

信号の赤とガストの赤は違うことをふたりで愛でながら歩く

ステッキと仕込み杖は兄弟ではないにしても親戚だ
実用的な道具のくせにどこかお洒落だから

盲目のふたりがゆずりあい点字ブロックの細さをすれちがう

砂漠のど真ん中にあまりにも真っ直ぐな道が開通した
計画では都市の背骨にあたる道だと言うことだが
始点も終点も既に砂に埋《うず》もれている（らしい）

警告！　この電子メールで愛が見つかりました　ここでは誰もが電柱を抱く

総理大臣がどこかの国の大統領をハグしている
ぎごちないのは背丈が違うせいではなくて
貿易赤字のせいだろう

抱きしめてきみの内部に垂れているつららをひとつひとつ砕くよ

観光で鍾乳洞に行ったら座りこんでる人がいた
よく見るとどうやら座禅のつもりらしい
背広を着た普通の社会人だ
思わずクスッと笑ってしまった

文頭に「ちょwww」がつくように滅ぶだろうフェイクニュースに釣られてぼくら

Siriが戸惑っている
七五調で質問したからだろうか
答えは期待していなかったのに

だらしない尻をさみしい腰で打ち耐えがたいほど動物だった

臀部という言葉に出会った時は不快だった
おいどと同じところを指しているとは思えなかった
尻子玉の解釈は市川にまかせた

ウィキペディアの改竄をしてその足で期日前投票へ　白票

アンダーはやっぱり白がいいなと言ったら苦笑いされた
雲一つない青空を英語ではブランクスカイと言うそうだ
なんか連想が増殖しそうで白はちょっと恐い

海の奥からだれひとり戻らない　絶やそうか絶やそうよ、かがり火
火で終わるのも水で終わるのも災害の一語ではくくれない
戻らない人々を祝福するために俗に背いて詩骨《しぼね》をしなやかに保つ

木下龍也

ひとりだと選んでしまう暗い道

ひとりで歩くのが好きだ。スピードもコースも自由。寄り道し放題。何にも縛られずわがままにひとりで歩くのが好き、と書きたいところだが少し違う。スピードもコースも自由でいい。寄り道もしたい。けれど目的地も帰る時間も決まっていてほしい。だらだら歩くのは得意ではない。だったら家で寝ていた方がましだ。だから僕は短歌をつくっている、のだと思う。短歌は書き始めたときから終わりが見えている。最初の一音目から最後の三十一音目までのスピードもコースも自由。推敲の途中に花や虚空を見つめたっていい。何を書いてもいい。まずいことを書いて怪我をするのは自分だけだ。それに安心しながら、たまに寂しくなりながら、僕はひとりで短歌という暗い道を歩いてきた。けれど、ひとりでは決して歩めない道があることをいまの僕は知っている。

二〇一八年十二月十七日、風の強い日だった。いい感じに仕上げたつもりの髪型は待ち合わせ場所のドトールコーヒーへ着いた頃には寝癖のままで来ました、という感じになっていた。その日は早く起きすぎて、早く家を出すぎて、早く着きすぎた。二階の喫煙所で煙草を吸い、とりあえず落ち着こうと念じ、匂いを消すためにミントガムを嚙みながら階段を降りた。席へ戻ると岡野さんとナナロク社の村井さんが到着していて「なんだ、来てたんですか」と暖かく迎えてくれるのを想像していたが、そこにはまだ誰もいなかった。入口の自動ドアが開くたびに顔を上げ、床に置かれていた発泡スチロールの箱が風でくるくる動いているのを見ていた。しばらくすると岡野さんが現れた。緊張していた僕は岡野さんがそのとき何を言いながら席に着いたか、何を飲んでいたかなどまったく覚えてないが、くるくる動く発泡スチロールを見た岡野さんが「つむじ風、ここにありますじゃないですか」と言ったのを覚えている。これから、僕らは谷川俊太郎さんの家に行く。

二〇一〇年、夏は死にかけていたが暑い日だった。いまはなきリブロ池袋本店に僕はいた。『ぼくはこうやって詩を書いてきた　谷川俊太郎、詩と人生を語る』という本のトーク&サイン会に参加するためだ。その本がナナロク社から出版されていることも、村井さんが会場にいたことも当時の僕は知らなかった。一九歳の谷川俊太郎が三好達治に認められて世に出たように、僕も谷川俊太郎に認めてもらいたい。まだ何も書いていないけれど、これからあなたのように素晴らしい文字列を生み出す。だから先に認めてほしい。その一心で、謎の自信に満ち溢れた恐ろしい馬鹿は、最後列の椅子から観客の頭と頭の間にちらほら見える谷川さんを見つめ「谷川さん、先に認めてください!先に!」とテレパシーを送り続けた。何も書かずにくすぶっている自分を巨大な存在に救ってほしかったのだ。唯一褒められるのは作文で、小さい頃から物書きになろうと思っていた僕が宿題以外で何も書いたことがなかったのは、最初の一行で自分の才能のなさに気付くのが怖かったからだろう。テレパシーなど伝わるはずもなく、本にサインをしてもらい、うつむいて「ありがとうございます」を絞り出すのが精一杯だった。短歌をつくりはじめるのはそれから一年後のことだ。

岡野大嗣に初めて会ったのは二〇一二年、大阪の春の日だった。短歌の投稿欄でつながっていた岡野さんに誘われて、とあるイベントに短歌の朗読で出演することになった。岡野さんのやわらかい関西弁が耳に心地よかったこと、このひと僕に似ているなと思ったことはよく覚えている。これから何度も会うことになるだろうと思ったが、実際にそうなっていった。あの時、岡野さんが朗読のために手作りしてくれた冊子は、いまでも大切に持っている。

僕のトートバックは自宅から持ってきた谷川さんの詩集でぱんぱんで、何度も肩からずり落ちた。その内の一冊『定義』に収録されている「私の家への道順の推敲」は南阿佐ケ谷駅から谷川さんの家までの道順を書いた詩だ。山口県の中学校の図書室でその光景を想像し、詩人という存在に漠然とした憧れを抱いていた自分が、いま実際に岡野さんとその道を歩いて、谷川さんの家にたどり着いた。それだけで莫大な寄付をしたあとの自己肯定感のようなものに包まれていた。天竺にたどり着いたらこんな感じだろうか。でも、ここはゴールではなくスタートだ。玄関を抜け、広間に通してもらう。しばらくして谷川さんが登場し、僕にとっては「おひさしぶりです」だが、大人しく「はじめまして」を交わした。谷川さんは、なぜおじさんがふたり座っているのかわかっていないようだった。岡野さんと僕の共著『玄関の覗き穴から差してくる光のように生まれたはずだ』を読んで、僕たちが高校生であると思っていたようだ。「まあいいや、そうそう見せたいものがあるんだよ」と谷川さんはきらきらした目で僕らに言った。「それ」と指した方向には充電中の小さな機械があった。「中国製のドローンを買ったんだ」。空中に放り投げられた小さなドローンはしゅんしゅんと鳴りながら上昇し、天井にぶつかって落下した。何が起きているんだ、と最初はフリーズしていたが、いつのまにかみんなでわいわい遊んでいた。ドローンが上昇するたびに「おお」と声を漏らし、落下するたびに「ああ」と声を漏らした。いま思えば、あれは緊張を解くための気遣いだったのだろう。その日、僕らの発する言葉ひとつひとつにうんうんと頷いてくれた谷川さんは、すべてを受け止めてくれる問いであり答えであるような存在だった。

二〇一九年一月六日、岡野さんの一首目がＬＩＮＥで送られてきて連詩が始まった。谷川さんの詩も村井さんを介してＬＩＮＥに送られてきた。受け取った三日後にはバトンをわたすというルールがあったので「次の手は？」「次の手は？」と問われ続ける苦しくも楽しい四ヵ月間のやりとりだった。会社員をしている僕は電車で、トイレで、夜中の台所でＬＩＮＥの画面を見つめながら短歌を考えた。連詩が終わり、もう一度谷川さんの家に行って話をした。本書に収められている鼎談はその時のものである。

谷川さんの家までの往路、谷川さんの家からの帰路、そしてこの連詩がたどった予測不能な道。どれもひとりでは歩めなかった道だ。ひとりだと暗い道を選びがちな僕は、前を歩く背中に思う。こんなに明るい道へ連れてきてくれてありがとう、と。

岡野大嗣

ここがどこかになる時間

表現をすることに憧れを抱いたのは中学生の頃だった。絵は描けない、楽器は弾けない。でも言葉なら今すぐにでも書ける。努力せず特別になりたい中学生の思惑に、詩というジャンルはぴったりはまった。一冊で特売五冊パックの大学ノートが買えてしまうノートを背伸びして買う。憧れの創作ノートを前に気合十分。日々の出来事を材料にして、感じたことを書こうと思った。書きたいのは日記じゃない。「表現」をしたいから、なるべくドラマチックに、なけなしのレトリックを使って書く。けれど、中学生の日常に目の覚めるような出来事はそうそう起きてはくれないし、消しゴムや黒板消しや体育館シューズを擬人化するばかりの創作ごっこには一週間と経たないうちに飽きてしまった。読み返しても、脚色された言葉は実際に感じた気持ちとはかけ離れていて、情感をだらだらと書き連ねただけの手書きの文字列を見るのは、録音した自分の裏声交じりの歌声を延々聞かされるような恥ずかしさがあった。それでも十代のうちは「自分は特別になれる」という思いが胸のなかでくすぶり続ける。そのくすぶりの火種が熾《おこ》るたびに詩を書こうとしたが、結果はいつも同じだった。書いている瞬間は「自分は特別だ」という気になれてしまうのに、一夜明けて読み返せば自分の平凡を突き付けられる。いつしか、表現という営みはあらかじめ選ばれたものだけに許された、聖域のものだと思いこむようになった。詩に対してアレルギーを持つようになった。

あいうえおは絵本で覚えた。家にはたくさんの絵本があった。母が買ってきた海外の翻訳絵本百冊セット。どの絵本も表紙に「さく」と「やく」の文字がある。ジョン・バーニンガムとレオ・レオニがお気に入りの「さく」のひとだった。「さく」はこの絵本を描いたひと。「さく」が外国のひとなら、その外国の言葉をぼくにわかるようにしてくれているのが「やく」のひとだと教わった。ジョンさんやレオさんの「やく」のひとの言葉は口に出すとたのしく、音楽のようだった。母が読み聞かせる「やく」のひとの言葉で何度眠りに落ちたことだろう。すっかり暗唱して今でも思い出せる「やく」のひとが紡いだ絵本の言葉は、小学校に上がるまでのぼくの国語の先生(ときに好き勝手に歌いだして授業にならないような)だったかもしれない。小学校に入って間もない頃の国語の授業で「かっぱかっぱらった」を習ったときの興奮をかすかに覚えている。たにかわしゅんたろう。何度も目にしてきた「やく」のひとの名前。習うずっと前からこのひとのこと知ってたよと密かに得意げな気持ちになった。高学年になって「生きる」を習い、たにかわしゅんたろうは谷川俊太郎になり、詩を書く人になった。それでも自分のなかで谷川俊太郎はたにかわしゅんたろうで、詩ではなく絵本の人、書くというより歌うように言葉を使う人だというイメージがあったし、本人と初めて会った日、谷川さんはそのイメージにぴったり当てはまった。

三十歳を過ぎてひょんなことから短歌に出会い、なつかしいくすぶりを感じた。「特別になりたい」という思いはほどよく角が取れていて、ただ純粋にこの一行だけの詩を書いてみたいと思った。初めて表現を試みた中学生の頃と同じく、日々の出来事を材料にして書き始める。一夜明けて見返す。三日続けて三日分を見返す。短歌になった自分の言葉を読むのは、録音した自分の声を聞いているのには違いないけれど、裏声交じりの歌声を聞くような恥ずかしさはなく、最低限の抑揚をつけて読み上げる昔のアナウンサーの語りを聞くような心地よさがあった。五七五七七の定型におさめる過程で自意識を手懐けていける。どんな些細なことでも材料になるし、短歌に残して読み返せば、平凡な日々のワンシーンが愛おしくよみがえる。短歌という表現手段を得て、かつて聖域だと思っていた場所が日常と地続きの地平に遠くかすんで見えるようになった。それから十年近く続けてこられた今でも、作品を見返したときに「恥ずかしい」と思う日が突然来るんじゃないかという恐れはある。だから、短歌をつくるときは極力自分に酔わないよう心がけている。七・五調のもつ演歌みたいな調子が心情的に苦手だと言っていた谷川さん。自分の短歌はそういう「演歌みたいな調子」から距離を置こうとしているから、短歌アレルギーのある谷川さんにも受け入れてもらいやすいはずという自信があった。詩アレルギーVS短歌アレルギー。そんな構図をどこか意識しながら連詩を楽しんでいた。

私の書く言葉には値段がつくことがあります
谷川俊太郎『私』所収「自己紹介」より

この一節を読んだとき、ふと、映画『パターソン』に谷川さんがコメントを寄せていたことを思い出した。ニュージャージー州パターソンに住むバス運転手のパターソンが、日々の乗務をこなすなかで、心に芽生える詩を秘密のノートに書きとめていく。

そんな映画。谷川さんは、その秘密のノートが偶然世に出て反響を得てしまったパターソンなんじゃないかと思った。自分の書く言葉に値段がつくことを若くして知った谷川さん。ほかのどの詩人より富と名声を得てきたはずの谷川さんが、詩は生活に根付いたものであると深く知っている。そのことを連詩のやりとりや対話を通して実感していたからだ。谷川さんが『パターソン』に寄せたコメントは「詩の花がほころびる、平凡な日々の暮らしにひそむ愛から。おだやかな気持ちになれる静かな映画。」そんな詩の花がほころびる時間のことを、谷川さんは詩にしている。

「ここ」

どっかに行こうと私が言う
どこ行こうかとあなたが言う
ここもいいなと私が言う

ここでもいいねとあなたが言う
言ってるうちに日が暮れて
ここがどこかになっていく

谷川俊太郎『女に』所収

詩や短歌を読んでいるとき、平凡な日々の暮らしの「ここ」が「どこか」になっていくような錯覚を覚える瞬間がある。その感覚を味わうのに特別な才能はいらない。日常と地続きの地平に詩の花は見つけられるし、眺めようが写真に撮ろうが摘んで持ち帰ろうが構わない。ここがどこかになる時間のそばに、この本がひらかれているとうれしい。

コトバについて

読み返してみたら、これは人間が書いたもんじゃない、日本語というコトバが、主人である我々三人を差し置いて、勝手に書いたんだと思いました。コトバの奴にそんなことができたのは、我々三人が年齢は違っても、コトバといちゃつくことに眉をひそめたりはしない人種だからでしょう。

二〇一九年十二月二日　谷川俊太郎

本書に収めた連詩とエッセイは書き下ろし、
感想戦は語り下ろしです。
なお、連詩のルビは著者による指定です。
感想戦は、終始、笑いにあふれた会でした。

好評のため、増刷しました。トリオ市川も益々喜んでおります。

今日は誰にも愛されたかった
谷川俊太郎　岡野大嗣　木下龍也（トリオ市川）

初版第1刷発行　2019年12月24日
初版第2刷発行　2020年2月14日
初版第3刷発行　2020年6月23日
初版第4刷発行　2021年12月24日
初版第5刷発行　2022年11月23日
初版第6刷発行　2023年8月7日
初版第7刷発行　2024年12月15日

装　丁　寄藤文平
組　版　小林正人（OICHOC）

編　集　村井光男　川口恵子

発行所　株式会社ナナロク社
〒142-0064
東京都品川区旗の台4-6-27
電　話　03-5749-4976
FAX　03-5749-4977

印刷所　中央精版印刷株式会社

ISBN978-4-904292-91-4 C0095